Le Hussard sur le toit

FichesdeLecture.com

Le Hussard sur le toit (Fiche de lecture)

I. INTRODUCTION

Le Hussard sur le toit est un roman écrit par Jean Giono (1895-1970). Il paraît pour la première fois aux éditions Gallimard, en 1951. Quelques prépublications avaient eu lieu auparavant, par groupes de chapitres.

Le roman n'est pas isolé, car il s'inscrit dans le Cycle du Hussard. Toutefois, il est autonome dans son intrigue, même si des éléments font écho à *Angelo*.

II. RÉSUMÉ DU ROMAN

Chapitre 1

Le roman commence pendant l'été de l'année 1832. Le héros du roman, Angelo Pardi, est un jeune aristocrate et colonel de hussards piémontais. Suite à quelques problèmes, notamment un duel contre un officier autrichien (Swartz), il a été contraint de quitter l'Italie pour un temps, et traverse la Provence à cheval ; il veut rentrer dans sa patrie et traverse la vallée de la Durance.

Dans la région, une épidémie commence à sévir.

Chapitres 2 à 5

Le choléra commence à faire de nombreux dégâts. Lorsqu'Angelo atteint les Omergues, il ne trouve dans le hameau que des cadavres que les bêtes ont commencé à dévorer. Le « petit Français », un jeune médecin qu'il croise, décède à son tour.

Par la suite, Angelo vit plusieurs mésaventures : il est confronté à un voleur, croise la route d'une préceptrice et de deux enfants, et décide d'accompagner ces derniers à Avignon. Cependant, des gendarmes les mettent en quarantaine et seul Angelo survit à la maladie.

Chapitres 6 à 10

Angelo atteint Manosque. Il y est presque lynché et doit se réfugier sur les toits de la ville. Il pénètre alors dans une maison par le grenier. Là, une femme lui donne de quoi manger et le laisse dormir là pendant une nuit. Pendant quelques jours, il aide une vieille nonne qui nettoie les malades du choléra. Elle disparaît, et Angelo s'occupe quelques temps de transporter les cadavres, une tâche abandonnée par les habitants, occupés à fuir Manosque.

Angelo apprend alors que de nombreux habitants de la ville se sont exilés dans les collines autour de la ville pour mieux se protéger. Il décide de s'y rendre, et retrouve son ami et frère de lait Giuseppe , et sa femme Lavinia.

Giuseppe était hussard, mais il officie désormais en tant que cordonnier. Il dirige de facto le groupe très organisé de personnes réfugiées dans les collines. Malgré leur amitié et leur passé commun, les deux hommes voient leurs idées politiques diverger fondamentalement.

Angelo laisse Giuseppe et sa femme, après avoir convenu d'un lieu de rendez-vous pour se retrouver plus tard, dans les montagnes de Sainte-Colombe.

Alors qu'il a repris la route, Angelo recroise la femme de Manosque à un barrage (car l'armée occupe toute la région), et ils décident de voyager ensemble après avoir réussi à se soustraire à la zone sanitaire.

Chapitres 11 à 14

Pauline et Angelo ont beau éviter les routes fréquentées (car les exactions sont nombreuses en ces temps de panique généralisée), ils sont prisonniers d'une quarantaine au château de Vaumeihl, mais réussissent à s'échapper.

Angelo en apprend plus sur sa compagne de voyage et ils échangent de nombreuses confidences, qui laissent pressentir une attirance de l'un envers l'autre.

Un jour, ils rencontrent un médecin âgé qui leur apprend beaucoup de choses sur le choléra.

Un soir, Pauline attrape le choléra à son tour. Angelo prend soin d'elle et réussit à la remettre sur pied. Ils rejoignent ensuite le château de Théus, où se trouve le mari de Pauline, le marquis du même nom. Angelo y reste un peu, puis il reprend la route en solitaire vers l'Italie, « au comble du bonheur ».

III. PRÉSENTATION DES PERSONNAGES PRINCIPAUX

Angelo

Angelo est un jeune « hussard » aristocrate, « fils naturel de la tendre et passionnée duchesse Ezzia Pardi, un très grand jeune homme de 25 ans aux lèvres minces et aux beaux yeux de velours noir ». Le jeune homme est courageux et romantique, fidèle à ses idéaux aristocratiques, ce qui explique nombre de ses choix dans le roman : ne pas faire preuve de lâcheté en temps de choléra, garder une relation platonique malgré son attirance pour Pauline, conserver son sens de la lutte en Italie.

Angelo, en dépit de toutes ces qualités, est également un jeune homme très naïf et idéaliste, qui s'attache à prouver qu'il peut s'endurcir comme un soldat noble, tout en conservant des sentiments et des valeurs « élevés ». Il a, de plus, une aptitude toute particulière au bonheur, et un goût du sublime qui lui fait rejeter les sentiments et attitudes vils.

Ses aventures sont donc très liées à un certain art de vivre qu'il revendique. Angelo a quelque chose d'un héros presque surréel, beau, courageux, noble, jeune et dévoué... tous ces éléments laissant deviner au lecteur qu'il peut peut-être échouer, mais ne jamais se dévoyer.

Certes, au départ, il n'est qu'un homme parmi d'autres, coincé en pleine épidémie, et capable de souffrir de la faim, de la fatigue et de la soif. Mais il se montre très vite unique et supérieur, de par sa naissance noble, mais aussi par son courage dans l'adversité. Alors que tout le monde fuit, lui cherche à se dépasser et s'approche des malades et des morts... sans jamais être atteint, au final, par le choléra.

Pauline de Théus

Pauline de Théus est aussi un personnage tout à fait à part dans l'ambiance paranoïaque et malsaine de la région épidémique. Elle est forte, déterminée et courageuse. En effet, en pleine épidémie, alors que tout le monde se méfie de tout le monde, elle ne se détourne pas d'Angelo lorsqu'elle le rencontre, et va plus loin en lui proposant à manger et un toit pour la nuit.

Physiquement, elle nous apparaît ainsi : « Angelo vit un petit visage en fer de lance encadré de lourds cheveux noirs. ». Son expression annonce sa détermination. Mariée au Marquis de Théus, elle est bien plus jeune que lui. Mais elle l'aime et veut lui rester fidèle, malgré une certaine ambigüité face à Angelo. Pauline va attraper le choléra, mais sera sauvée par Angelo.

Giuseppe

Giuseppe est l'ami et le frère de lait d'Angelo. Il est désormais cordonnier à Manosque, mais était lui aussi hussard et carbonaro.

Son épouse s'appelle Lavinia, et ils vivent dans la communauté réfugiée dans les montagnes.

Malgré leurs ressemblances et leur amitié, Giuseppe et Angelo diffèrent, car Giuseppe est bien plus cynique que son ami. Toutefois, ils ont tous les deux des idéaux révolutionnaires.

Giuseppe, dès ce roman, commence à incarner le communisme, ce qui sera développé dans le reste du cycle.

Le vieux médecin

Pauline et Angelo croisent la route d'un homme âgé, médecin de son état, qui leur fait part de sa vision de l'épidémie et ses considérations sur le choléra.

C'est un personnage important malgré sa courte apparition dans le roman. En effet, sa vision désabusée, cynique et sa posture sceptique permet une lecture particulière du choléra, et nous donne une interprétation du sens de l'humanité telle qu'elle est révélée par la maladie (nous y reviendrons dans une troisième partie). Pour lui, le choléra symbolise le mal que porte en lui l'être humain.

Le marquis de Théus

Il s'agit de l'époux de Pauline. Il est bien plus âgé qu'elle (environ quarante ans de plus), mais c'est un homme qu'elle aime et respecte profondément.

IV. AXES DE LECTURE

Le sens du choléra

L'épidémie de choléra permet deux choses dans l'œuvre :

Du point de vue de l'intrigue, elle permet d'établir un cadre et des obstacles particuliers tout au long de la progression d'Angelo. Notons que cette épidémie n'a pas été réelle, pas au sens où elle est écrite dans le roman en tout cas. Mais elle permet d'établir une ambiance générale de panique, de défiance, de trahisons, de barrières sanitaires, de zones de quarantaine, de police... cela crée bien des rebondissements sur le parcours d'Angelo et Pauline.

Mais surtout, le choléra est un symbole permettant une réflexion sur l'humanité. En effet, il ne faut pas s'obstiner à le lire de manière réaliste (d'ailleurs Angelo ne contracte jamais la maladie...).Comme le déclarera Giono dans une interview, « Le choléra est un révélateur, un réacteur chimique qui met à nu les tempéraments les plus vils ou les plus nobles ».

Lorsque les hommes sont confrontés au choléra, tout ce qu'il peut y avoir de bas, de lâche ou de mauvais en eux est sujet à ressortir. Angelo s'en sort parce qu'il n'est ni égoïste ni passif, et qu'il a en lui une force et une volonté incroyables. En cela, il semble donner l'idée que la crainte de la maladie provoque des choses plus terribles que la maladie elle-même... sans pour autant renier la présence affligeante des cadavres sur le long de la route du héros !

Le choléra est un révélateur de l'âme humaine et permet de dévoiler la nature profonde, l'essence des hommes. Dans le chapitre 4, Giono écrit la chose suivante : « la peur est capable de tout et elle tue sans pitié, attention ! ».

En allant plus loin, des critiques ont souligné le fait que la maladie trouve sa source dans ses victimes même, qui sont partiellement responsables de sa diffusion. Cet élément est lourd de sens suite à la seconde guerre mondiale. On peut penser, dès lors, à Camus et à sa « peste », bien que les écrivains soient évidemment très différents.

La poétique de l'épidémie

Le choléra permet aussi à Giono de développer une esthétique particulière dans son écriture. Les cadavres évoquent Goya et ses tableaux.

Mais surtout, il fonde une sorte de poétique de l'horreur qui, par contraste avec le ton ironique et parfois léger d'Angelo, donne toute sa force au texte. Giono a effectué beaucoup de recherches sur la maladie, et ses descriptions sont empreintes de cette démarche de documentation.

Mais au-delà de l'aspect documenté et réaliste, l'écrivain déploie des images, des sentiments, des sensations, des visions de voyage qui, couplés à l'horreur, rendent son texte extrêmement puissant.

Les morts, par exemple, peuvent devenir de véritables éléments d'un paysage atrocement beau, au final, dans la manière dont les couleurs et lumières se rejoignent. Le pourrissement et le macabre des corps mourants où déjà partis rejoignent l'esthétique du regard et de l'écriture.

Le Cycle du Hussard

Le Hussard sur le toit n'est pas un roman isolé. Il s'inscrit dans ce que l'on appelle le « Cycle du Hussard », qui comporte : *Angelo, Mort d'un personnage, Le Hussard sur le toit, Le Bonheur fou.*

Notons que l'on retrouve plusieurs personnages du roman étudié dans les *Récits de la demi-brigade.* Bien que le *Hussard sur le toit* ait été publié en premier en 1951, il ne s'agit pas de l'ordre de rédaction, mais d'un souci de suivi chronologique.

Le carbonarisme

Angelo et Giuseppe sont des carbonari. Il est intéressant de rappeler ce qu'est cette doctrine.

Un carbonaro est un membre d'une société secrète italienne du XIXe siècle, qui s'efforçait de lutter pour l'unité nationale de son pays. Toute la mouvance tournait autour de cette idée révolutionnaire.

Par extension, les carbonari ont fini par désigner tout membre d'une société secrète, y compris dans d'autres pays.

On retrouve le carbonarisme dans plusieurs œuvres ou personnages, notamment :

- *Lucien Leuwen* de Stendhal
- La bande-dessinée *Le Décalogue* (Frank Giroud, Paul Gillon).

Le même terme a donné naissance à l'expression de Charbonnerie française, au début du XIXe siècle.

Dans la même collection en numérique

Les Misérables
Le messager d'Athènes
Candide
L'Etranger
Rhinocéros
Antigone
Le père Goriot
La Peste
Balzac et la petite tailleuse chinoise
Le Roi Arthur
L'Avare
Pierre et Jean
L'Homme qui a séduit le soleil
Alcools
L'Affaire Caïus
La gloire de mon père
L'Ordinatueur
Le médecin malgré lui
La rivière à l'envers – Tomek
Le Journal d'Anne Frank
Le monde perdu
Le royaume de Kensuké
Un Sac De Billes
Baby-sitter blues
Le fantôme de maître Guillemin
Trois contes
Kamo, l'agence Babel
Le Garçon en pyjama rayé
Les Contemplations

Escadrille 80

Inconnu à cette adresse

La controverse de Valladolid

Les Vilains petits canards

Une partie de campagne

Cahier d'un retour au pays natal

Dora Bruder

L'Enfant et la rivière

Moderato Cantabile

Alice au pays des merveilles

Le faucon déniché

Une vie

Chronique des Indiens Guayaki

Je voudrais que quelqu'un m'attende quelque part

La nuit de Valognes

Œdipe

Disparition Programmée

Education européenne

L'auberge rouge

L'Illiade

Le voyage de Monsieur Perrichon

Lucrèce Borgia

Paul et Virginie

Ursule Mirouët

Discours sur les fondements de l'inégalité

L'adversaire

La petite Fadette

La prochaine fois

Le blé en herbe

Le Mystère de la Chambre Jaune

Les Hauts des Hurlevent

Les perses

Mondo et autres histoires

Vingt mille lieues sous les mers

99 francs

Arria Marcella

Chante Luna

Emile, ou de l'éducation
Histoires extraordinaires
L'homme invisible
La bibliothécaire
La cicatrice
La croix des pauvres
La fille du capitaine
Le Crime de l'Orient-Express
Le Faucon malté
Le hussard sur le toit
Le Livre dont vous êtes la victime
Les cinq écus de Bretagne
No pasarán, le jeu
Quand j'avais cinq ans je m'ai tué
Si tu veux être mon amie
Tristan et Iseult
Une bouteille dans la mer de Gaza
Cent ans de solitude
Contes à l'envers
Contes et nouvelles en vers
Dalva
Jean de Florette
L'homme qui voulait être heureux
L'île mystérieuse
La Dame aux camélias
La petite sirène
La planète des singes
La Religieuse

À propos de la collection

La série FichesdeLecture.com offre des contenus éducatifs aux étudiants et aux professeurs tels que : des résumés, des analyses littéraires, des questionnaires et des commentaires sur la littérature moderne et classique. Nos documents sont prévus comme des compléments à la lecture des oeuvres originales et aide les étudiants à comprendre la littérature.

Fondé en 2001, notre site FichesdeLectures.com s'est développé très rapidement et propose désormais plus de 2500 documents directement téléchargeables en ligne, devenant ainsi le premier site d'analyses littéraires en ligne de langue française.

FichesdeLecture est partenaire du Ministère de l'Education du Luxembourg depuis 2009.

Plus d'informations sur www.fichesdelecture.com

© FichesDeLecture.com
Tous droits réservés
www.fichesdelecture.com

ISBN: 978-2-511-03006-6

Notes :